JOUR APRÈS JOUR

LE COUPLE PLUS VRAI QUE NATURE

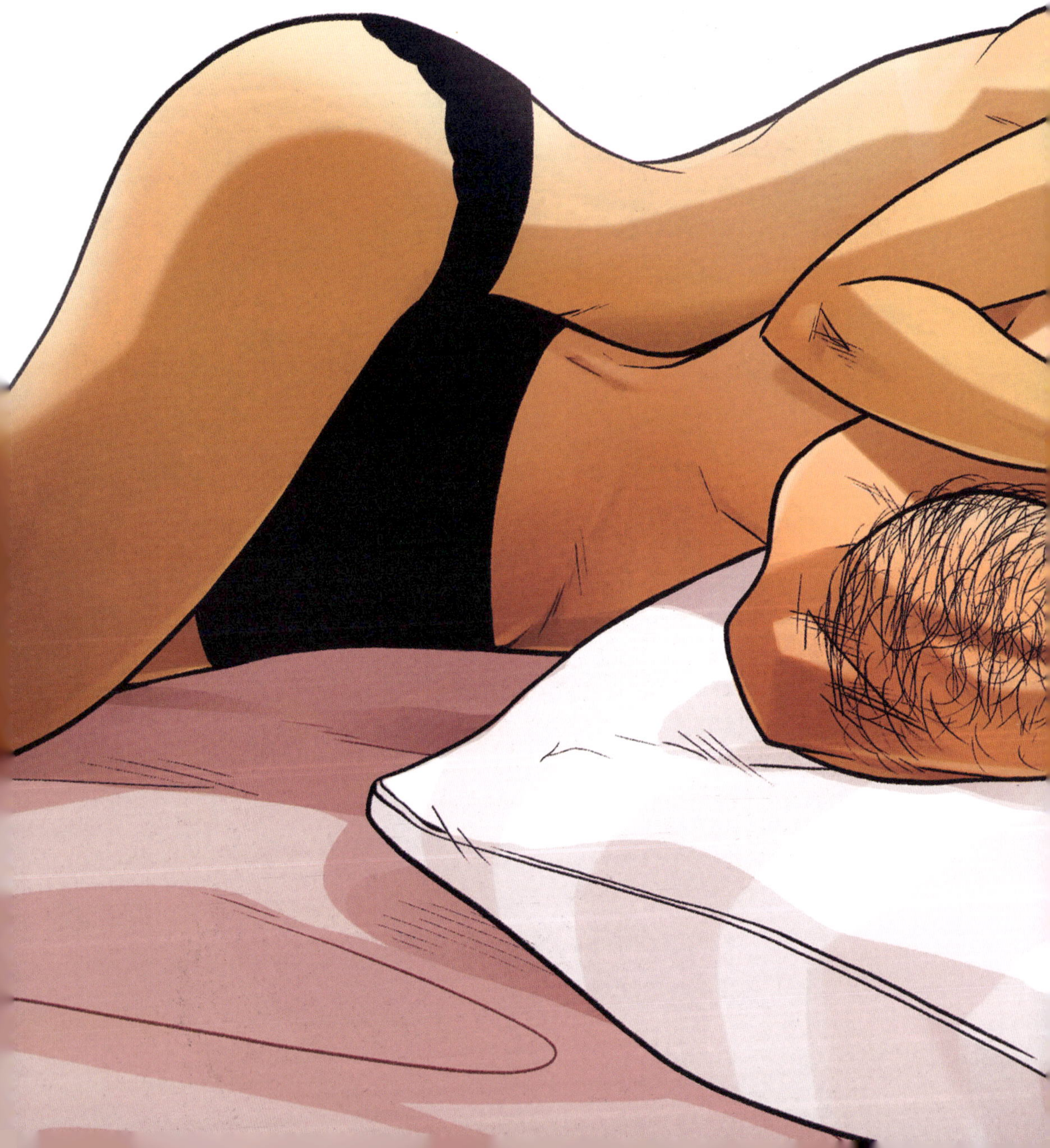

JOUR APRÈS JOUR

LE COUPLE PLUS VRAI QUE NATURE

YEHUDA & MAYA
DEVIR

LAROUSSE

™

Titre de la publication originale : *One Of Those days*

Publié pour la première fois aux États-Unis par Random House, une division de Penguin Random House LLC, New York.
Random House et Colophon House sont des marques déposées de Penguin Random House LLC.
Cette édition rassemble le matériel publié à l'origine chaque semaine dans la Web-BD « *One of Those Days* » 2016-2019. Elle a ensuite fait l'objet d'une publication privée en trois volumes distincts sous le titre *One of Those Days*, vol. 1, 2, 3, par Yehuda et Maya Devir en Israël, copyright © 2017, 2018, 2019 par Yehuda Devir et Maya Devir.

Pour l'édition française
Direction de la publication : Isabelle Jeuge-Maynart et Ghislaine Stora
Direction éditoriale : Élodie Bourdon
Édition : Mélissa Lagrange
Traduction : Julien Bétan
Couverture : adaptation de la version originale par Claire Simonet
Illustration de couverture : Yehuda Devir et Maya Devir
Mise en pages : Nord Compo
Fabrication : Donia Faiz / Marina Dartigues Plum

ISBN : 978-2-03-604363-3

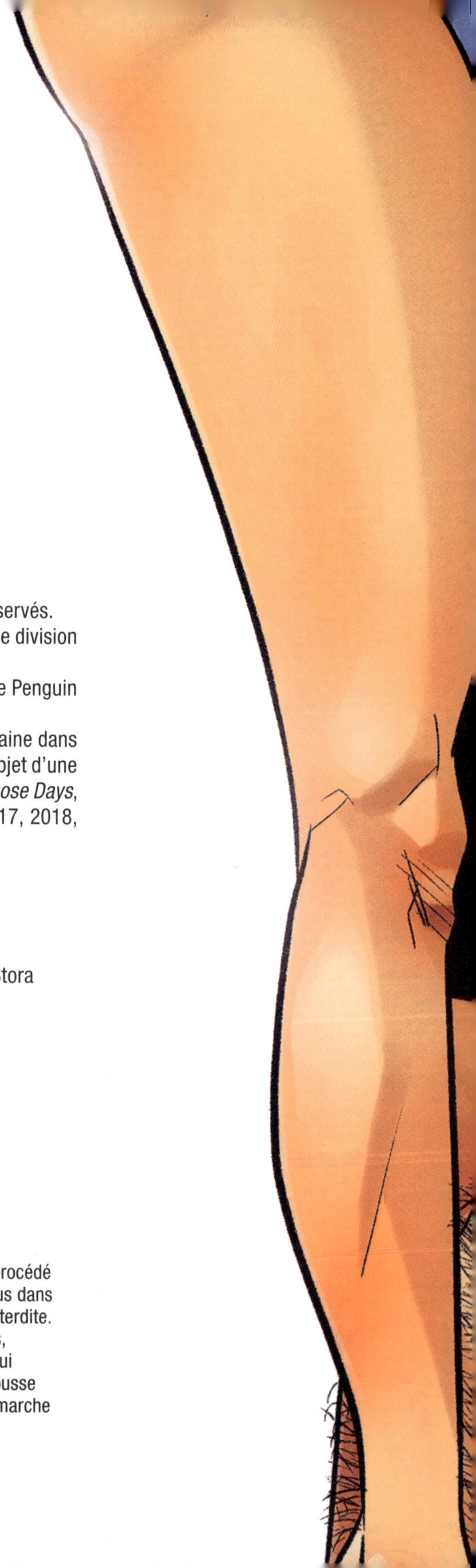

INTRODUCTION

Pour vous dire la vérité, *One of Those Days* n'était pas du tout prémédité. Tout a commencé par quelques illustrations que nous avons réalisées pour mettre en scène notre vie quotidienne à la manière d'un *comic book* de superhéros. Elles étaient censées alimenter un blog personnel – celui de Yehuda, pour être précis, où il décrivait sa vie avec Maya. En tant que directrice artistique, cette dernière n'a pu s'empêcher de superviser la conception des personnages et elle a aussitôt rejoint l'équipe.

Nous nous sommes rapidement rendu compte que ce projet avait un puissant impact. Nous avons créé une illustration où nous partageons une douche bouillante – parfaite au goût de Maya, tandis que Yehuda est brûlé vif – et cette image, partagée sur des millions de pages, est devenue virale sur les réseaux sociaux. Nous nous sommes donc attelés à en créer d'autres, et *One of Those Days* est né.

Partager notre vie privée avec le monde entier n'était pas évident pour nous. À travers ces illustrations, nous révélons de nombreux moments peu glorieux et de véritables problèmes que nous rencontrons au quotidien, comme notre difficulté à avoir un enfant. Peut-être que *One of Those Days* est né alors que nous étions un peu naïfs et ne comprenions pas le pouvoir d'exposition des réseaux sociaux. Cependant, nous nous en avons pris notre parti, lorsque nous avons vu la puissance potentielle de ce projet et le bonheur qu'il pouvait apporter à nos lecteurs.

Ce livre est un florilège de ces moments du quotidien qui émaillent la vie de couple et de parent.

Nous espérons que vous vous y retrouverez.

Maya & Yehuda Devir

CHAPITRE UN

01

DÉMÉNAGEMENT À TEL-AVIV !

02

IKEA ME REND MARTEAU !

03

TEL-AVIV PLAGE !

04

L'HIVER EST LÀ

05

C'EST LE PIED !

ÇA RÉCHAUFFE !

06
À CHAQUE FOIS QUE
JE PENSE À ME RASER
CE SOIR, JE ME RASE COMME *LATIN LOVER* !
?

07
L'ÉCHARPE

08

CHAUDE COMME LA BRAISE

SELFIE!!!

09

PRENONS UN SELFIE !

10

MON EXTERMINATRICE !

FERME LES YEUX, CHÉRI, ÇA VA SAIGNER !
K300

JOYEUSE SAINT-VALENTIN!

11

SAINT VALENTIN

ON VIENT DE VOIR JOHN WICK 2

CHAPITRE

12

ON A VU JOHN WICK 2

13
TOUS LES MATINS
ENCORE 5 MINUTES, T'ES SI CHAUD !
CHÉRIE, FAUT QUE J'AILLE BOSSER...

14

QUAND ON REGARDE LE CATCH À LA TÉLÉ

15
ON A VU LOGAN

16

COUSSIN DE VOYAGE

Souris
La vie est belle
RETOURNE-TOI, BÉBÉ...
17
LES FEMMES SAVENT Y FAIRE

18

LA MUSCU À DEUX SELON MA FEMME

19

FAIS DE BEAUX RÊVES

MAIS T'AS PRÉPARÉ QUOI ?
DES CÉRÉALES...
20
POURQUOI C'EST TOUJOURS MON TOUR DE FAIRE LA VAISSELLE ?

21

ÉLIMINER APRÈS
LES FÊTES

22
CE SOIR ON SORT

23

UN JOUR DANS LE BUS

24

DE MAUVAIS POIL

25

SES DOIGTS DE FÉE

26

VÉRIFICATION OLFACTIVE

27

ON A ACHETÉ UN VÉLO ELLIPTIQUE

28

ON S'EST DISPUTÉ

29

L'AMOUR À LA PLAGE

30
BON ANNIVERSAIRE, MON AMOUR !
LAISSE-MOI, JE SUIS VIEILLE !

31

LA SÉCURITÉ AVANT TOUT !

32

PROMENADE AU PARC

ARRÊTE DE MATER MON MEC !

33

MIROIR, MIROIR

34

MORTEL COMBAT

35

C'EST NOTRE ANNIVERSAIRE, MON AMOUR !

36

ON A OUVERT UNE PAGE PATREON

37

QUAND ELLE N'A « RIEN À SE METTRE »

38

MISE À NIVEAU

39

INVASION CAPILLAIRE

40
QUAND ELLE *CHUT* REGARDE *CHUT* LE TRÔNE *CHUT* DE FER *CHUT*
CHÉRIE, OÙ ES-TU ?
CHUT !

CHAPITRE
DEUX

41
LA PROPOSITION

42
LA PORTE DU PARADIS
J'AI VRAIMENT ENVIE !
ÇA FAIT PRESQUE UNE HEURE QUE T'ES LÀ !
JUSTE UNE MINUTE...

43

MAL D'AMOUR !

JOYEUX ROCH HACHANA !

ON DEVRAIT PRENDRE UNE DOUCHE
ON CHANGERA LES DRAPS DEMAIN...
45
ÉPUISEMENT

46
C'EST MON ANNIVERSAIRE !

47

ELLE M'A FAIT UN CADEAU

48
YEHUDA VIEILLIT

49

L'CHAIM !
SALUTE !
SANTÉ !

50

M. & MME CÂLIN

51

KARAOKÉ

52

J'ARRÊTE QUAND JE VEUX !

53

MÊME COUPE, MÊME HISTOIRE

54

ACCROC AU BOULOT

1 000 000 FOLLOWERS
MEC !
SWAG !
AHHHHH !
55
UN MILLION
DE FOLLOWERS

56

DR PRESSAGRUM

BLACK
FRIDAY

58

MA MOITIÉ

59

ELLE FAIT TOUT MIEUX QUE MOI !

60
R-R-RÉVEILLON

UN COUP DE MAIN, CHÉRIE?
CÉRÉALES
nutella
61
POIDS & HALTÈRES

62

ELLE ASSURE MES ARRIÈRES !

63
TUEUSE DE SÉRIE
C'EST PAS CE QUE TU CROIS !
À SUIVRE...
VHS
CINQ ÉPISODES SANS MOI ?
COMMENT AS-TU OSÉ ?

64
LE VALENTIN
LE VALENTIN

65

ON A VU AVENGERS : INFINITY WAR... DEUX FOIS !

66

UNE PEAU DE BÉBÉ

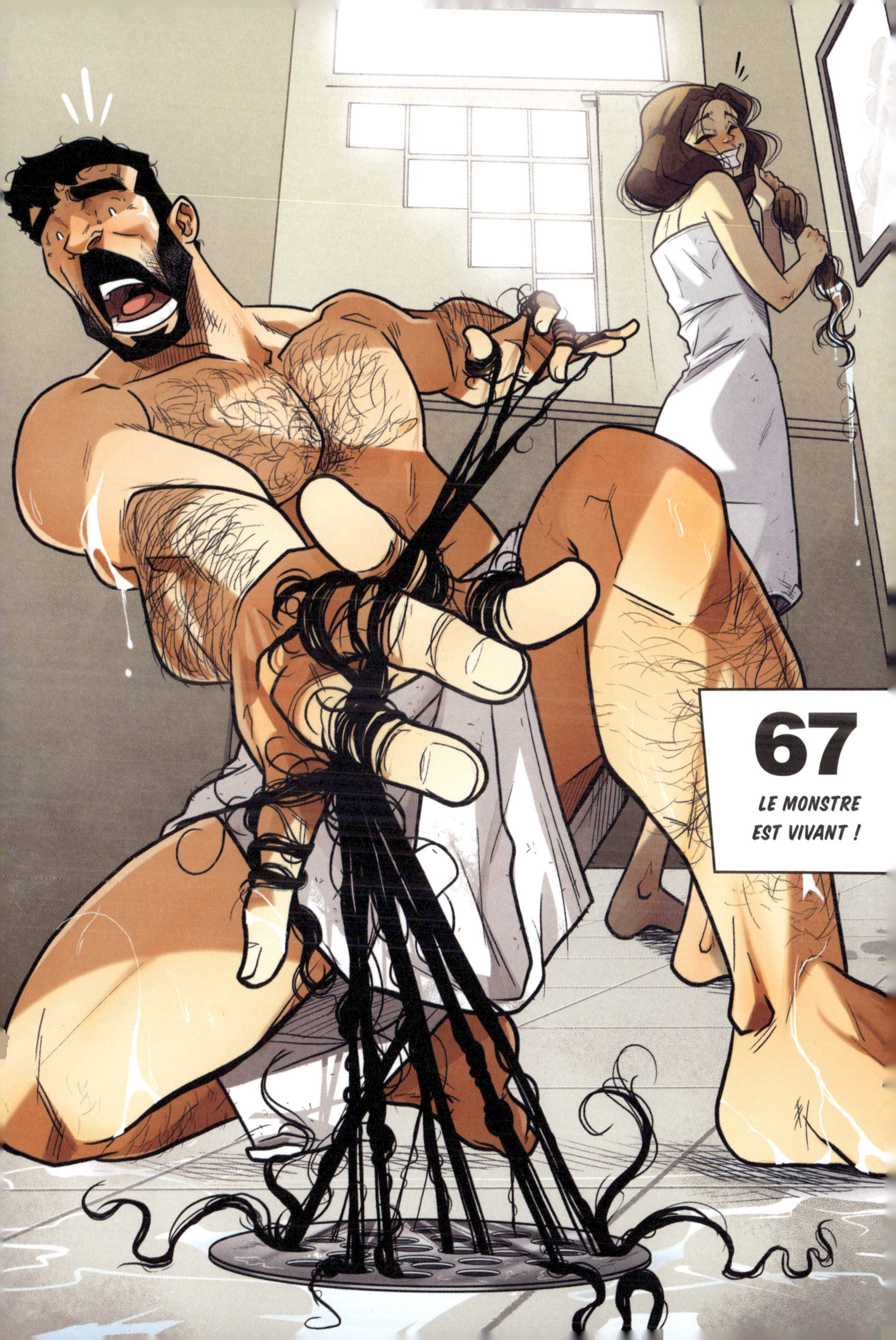

67

LE MONSTRE EST VIVANT !

68

AUTANT EN EMPORTE LE VENT

ÇA VA LÀ-DESSOUS ?
OUAIS
69
POIDS LÉGER

70

HUILE DE COUDE

71
BONJOUR

ARRÊTEZ, C'EST DE LA FOLIE !
72
PRISE DE SANG

73

ÇA NE TIENT QU'À UN FIL

74

PERSONNE N'EST PARFAIT

OÙ EST PASSÉE LA NOURRITURE ?
75
« ON » EST AU RÉGIME

76

MA REINE !
MA FEMME !
MON AMOUR !

77
CAUCHEMAR EN PLEIN VOL

78

MINI VACANCES

79

PAS FRILEUX POUR UN SOU

80

SUIVANT... SUIVANT... SUIVANT...

81

MEURS, SATANÉ VOLATILE !

82

SURPRISE MATINALE

83

JE SUIS DÉSOLÉ

84
MAYA A
UN COMPTE
INSTAGRAM
TU PENSES
QUE JE DEVRAIS
OUVRIR UN
COMPTE INSTA ?

85

BAISER DE CANARDS

86
COUPE DU MONDE
OK! JE SUIS PRÊTE! ON EST POUR QUI?
J'♥ THOR
BIÈRE

CHAPITRE
TROIS

87

JE PENSE QU'ELLE EST PRÊTE

88

L'ART DE LA SÉDUCTION

89
OPÉRATION OVULATION

CAPTAIN MUSH
SIMBA
Kama Sutra
ON N'A PAS ESSAYÉ LA POSITION DES « BOULES DE ZEUS » !

90

ON N'A RIEN SANS RIEN

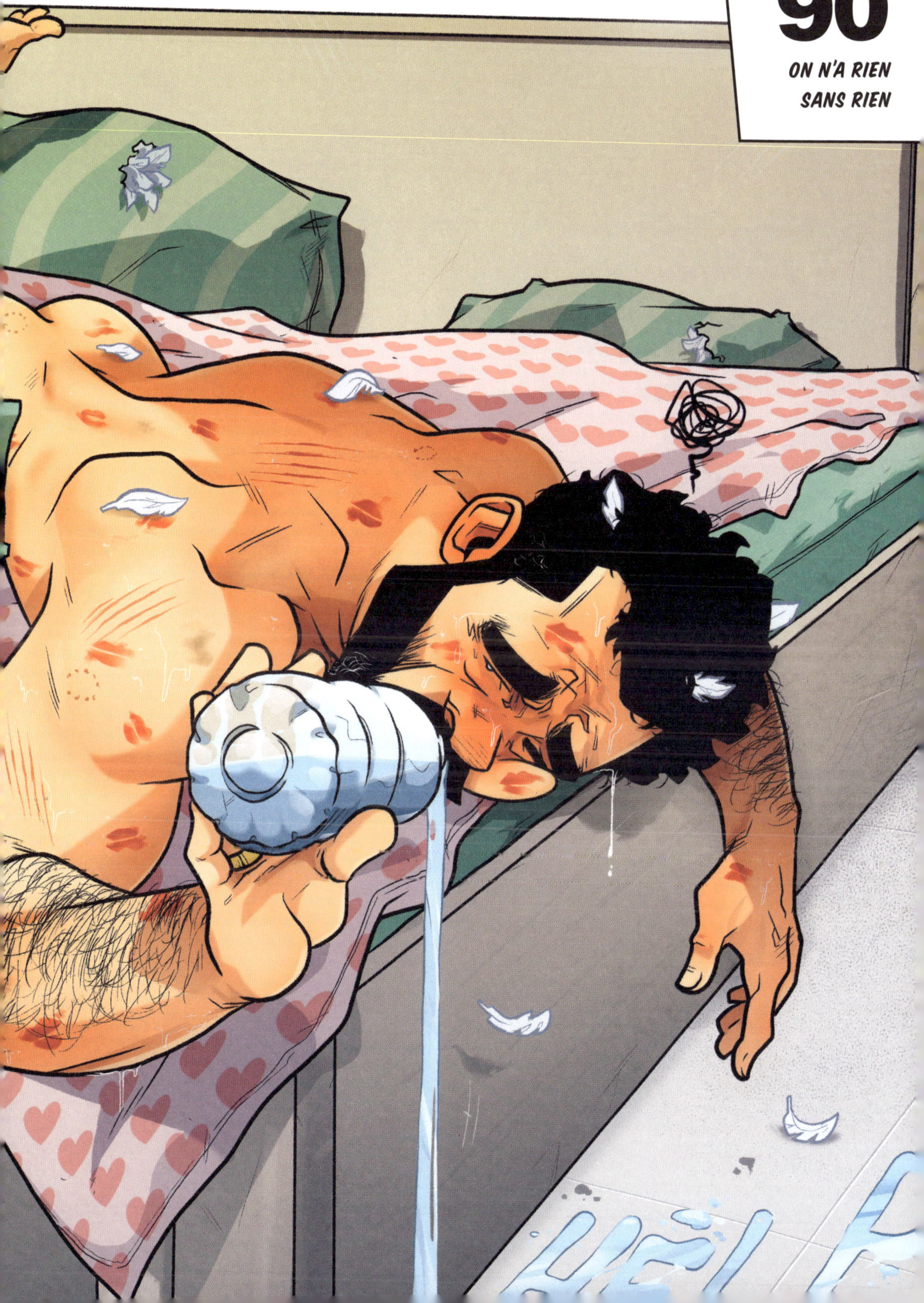

POTION
À BÉBÉ
ACID
SUCRE
JUS D'ORANGE
MUTAGÈNE X
CALCIUM
HORMONES
Poils de barbe de YEHUDA
B-12
1000 MCG

91

POTION À BÉBÉ

92

MATELAS HUMAIN

93

JE SUIS UN GRAND GARÇON !

VOILÀ LES RÈGLES !
TOILETTES

VADE RETRO
94
LES RÈGLES

95
JOUR DE LESSIVE
FINI !

BLACK FRIDAY

96

BLACK FRIDAY

97
ON A UN NOUVEAU SITE WEB !
LA PILULE ROUGE TE CONDUIRAS DANS NOTRE PAYS DES MERVEILLES !
LA PILULE BLEUE EST JUSTE UNE PILULE BLEUE
JOUR APRÈS JOUR
WWW.YEHUDADEVIR.COM

98
DRAMA QUEEN
J'EN PEUX PLUS !

37,9 °C
BON POUR LE SERVICE !

99

ON FAIT BON MÉNAGE

100

ON EST ENCEINTE !

101
DÉMÉNAGEMENT À LA CAMPAGNE

102
MAYA A DE NOUVEAUX AMIS !
C'EST QUOI ÇA ?
TU DEVRAIS LEUR DONNER DES NOMS !

103

NOTRE SAINT-VALENTIN

104

JE LUI AI OFFERT UN BALLON DE GYM

105
TRANSFORMATIONS PHYSIQUES

106

ADDITION SALÉE

107
PREMIER COUP DE PIED

108

COUSSIN VENTRAL

109

CONTRE VENTS ET MARÉES

JE VAIS Y ARRIVER !
110
ON Y EST PRESQUE !
DOUCEMENT...
DOUCEMENT...
JEUX DE GROSSESSE

111

SI LOIN ET POURTANT SI PROCHE

BESOIN D'AIDE?

112
DÉLIT DE FUITE

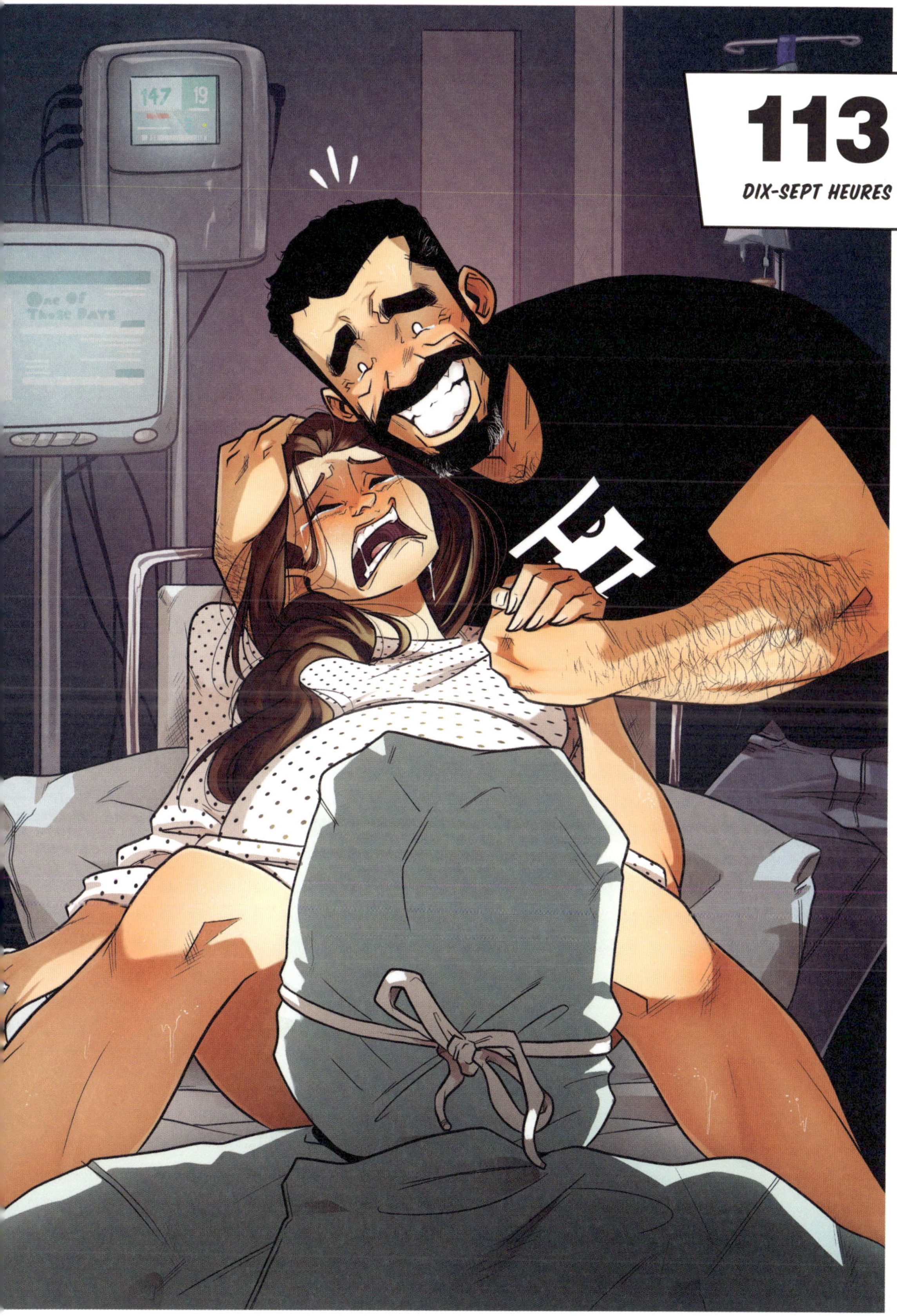
113
DIX-SEPT HEURES

114

C'EST UNE FILLE !

TOUS À COUVERT !
115
DANS LA MERDE !

116

CE CONTACT

117

BON ANNIVERSAIRE MAMAN !

118

DORS, JE T'EN PRIE !

119
LA PREMIÈRE DOUCHE

120

L'INFIRMIÈRE M'A TUER !

121

MAMAN POUR TOUS !

122

TOUS POUR UN !

123

DIS OUISTITI !

124
C'EST NORMAL

C'EST NORMAL QU'ELLE PLEURE DANS TES BRAS.

C'EST NORMAL QU'ELLE NE VEUILLE QUE SA MÈRE.

C'EST NORMAL QUE TU N'AIES PAS ENCORE TROUVÉ TA PLACE.

C'EST NORMAL DE NE PAS AVOIR CETTE CONNEXION DONT TOUT LE MONDE PARLE.

C'EST NORMAL QUE TU NE COMPRENNES PAS ENCORE TON RÔLE.

C'EST NORMAL QUE TU NE LA FASSES PAS RIRE.

C'EST NORMAL D'ÊTRE FATIGUÉ.

C'EST NORMAL D'ÊTRE EN COLÈRE.

C'EST NORMAL QUE ÇA NE MARCHE PAS COMME PRÉVU.

C'EST NORMAL DE DEMANDER UN CÂLIN.

C'EST NORMAL DE PARLER DE TES DIFFICULTÉS À TA PARTENAIRE, MÊME SI CELA NE SEMBLE PAS TRÈS VIRIL.

C'EST NORMAL QUE TA VIE AIT CHANGÉ.

C'EST NORMAL QUE TES PROJETS SOIENT ANNULÉS.

C'EST NORMAL QUE TU N'AIES DE TEMPS POUR RIEN.

C'EST NORMAL DE SE SENTIR FAIBLE.

C'EST NORMAL D'AVOIR DES SAUTES D'HUMEUR.

C'EST NORMAL DE SE SENTIR SEUL.

C'EST NORMAL DE DEMANDER DE L'AIDE.

C'EST NORMAL.

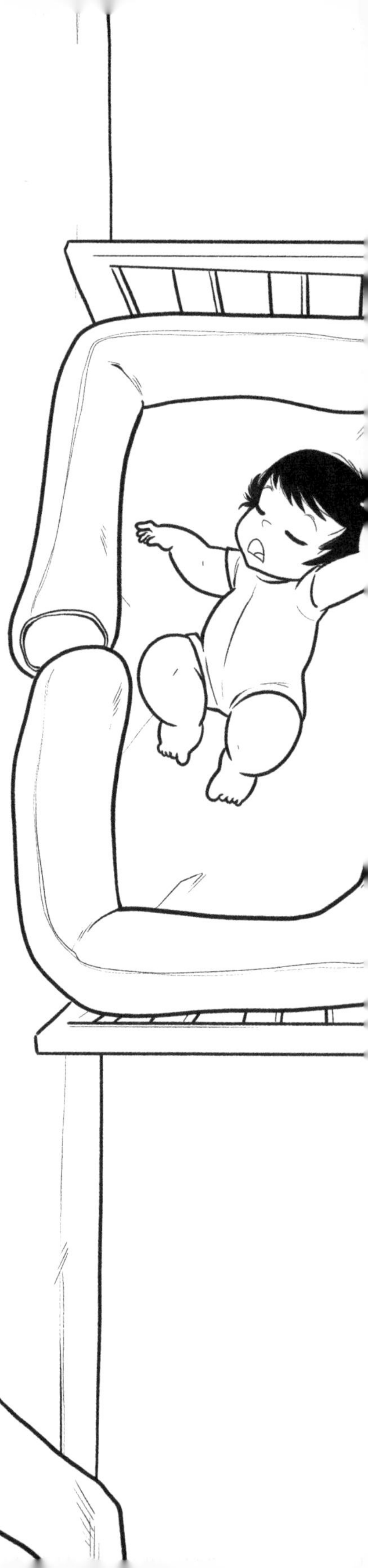

TU ES UN PÈRE MERVEILLEUX

125

PROMENADE

126

DU TRAVAIL POUR DEUX

À PROPOS DES AUTEURS

YEHUDA et MAYA DEVIR sont illustrateurs israéliens, mariés en 2016, ils ont créé ensemble la Web-BD à succès *One of Those Days.*

D'après Maya, YEHUDA DEVIR déborde d'énergie, au point que « les fourmis semblent paresseuses en comparaison ». Il a découvert sa passion pour le dessin durant son enfance, en peignant sur les murs de sa chambre, et s'inspire principalement des *comics* et des films américains.

D'après Yehuda, MAYA DEVIR est « une déesse faite femme qui diffuse la joie partout où elle va ». Cette artiste réaliste est la directrice artistique de *One of Those Days*, et elle est passée maître dans l'art de taquiner Yehuda.

Ils ont tous deux étudié la communication visuelle à l'Académie Bezazel d'Art et de Design, à Jérusalem. Ils vivent et travaillent dans leur petit appartement calme, avec leur bébé, Ariel.

SUIVEZ-NOUS SUR

- yehudadevir.com
- @jude_devir, @maya_devir,
  @ariel_devir, @oneof_thosedays
- @Yehuda Devir
- Yehuda & Maya Devir
- @YehudaDevir
- Patreon.com/yehudadevir
- @judedevir

POUR ARIEL

PAPIER CERTIFIÉ

LAROUSSE s'engage pour l'environnement en réduisant l'empreinte carbone de ses livres.
Celle de cet exemplaire est de :
1,1 kg éq. CO_2
Rendez-vous sur
www.larousse-durable.fr

Imprimé en Espagne par Macrolibros SL
Dépôt légal : octobre 2023
333620/01 – 11052713 – août 2023